우리는 어딨지?

청소년시집 004

우리는 어딨지?

인쇄 · 2020년 6월 12일 | 발행 · 2020년 6월 22일

지은이 · 홍일표
펴낸이 · 한봉숙
펴낸곳 · 푸른사상사

주간 · 맹문재 | 편집 · 지순이, 김수란 | 마케팅 · 김두천
등록 · 1999년 7월 8일 제2－2876호
주소 · 경기도 파주시 회동길(서패동) 337－16
대표전화 · 031) 955－9111(2) | 팩시밀리 · 031) 955－9114
이메일 · prun21c@hanmail.net
홈페이지 · http://www.prun21c.com

ISBN 979－11－308－1683－8　43810

값 11,000원

이 도서의 국립중앙도서관 출판예정도서목록(CIP)은 서지정보유통지원시스템 홈페이지(http://seoji.nl.go.kr)와 국가자료종합목록 구축시스템(http://kolis-net.nl.go.kr)에서 이용하실 수 있습니다.
(CIP제어번호 : CIP2020023523)

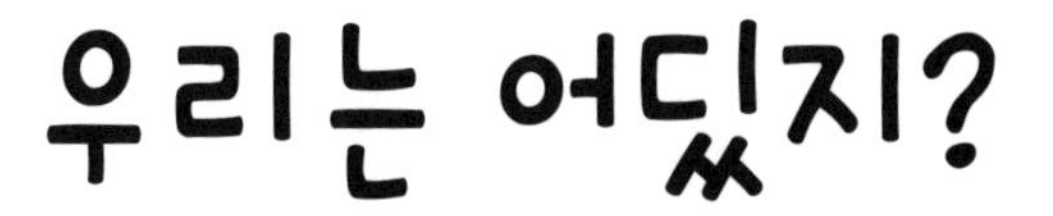

홍일표 시집

| 시인의 말 |

어느덧 38년이 지났다. 처음 교단에 섰을 때가 스물네 살, 아련하고 애틋하다. ○○여고의 교정은 늘 푸른빛으로 출렁였다. 날마다 설렘과 기대로 이어지던 푸성귀 같은 8년의 시간을 지나 창덕궁 옆 ○○고교에서 나머지 30여 년의 세월을 보냈다. 많은 아이들과 만나고 헤어졌다. 아이들과 생활하면서 기쁨도 많았지만 절망과 분노, 슬픔도 많았다. 이 시집에 내가 만난 아이들의 삶을 여러 무늬로 새겨 넣었다. 돌아보니 그들과 함께한 세월은 축복이고 기쁨이었다.

퇴임을 앞둔 지난해부터 청소년 시를 쓰기 시작했다. 시간 날 때마다 일기 쓰듯 한 편 한 편 적어 나갔다. 교직 생활을 마무리하는 작업이라고 생각하니 자주 가슴이 먹먹했다. 여러 가지 고민과 상처로 아프게 살아가는 이 땅의 청소년들에게 작은 위안이 되고, 훗날 손녀, 손자들이 중고등

학생이 되어 읽을 수 있는 시편들이 되었으면 좋겠다. 어려운 여건에도 흔쾌히 출판을 수락해 준 한봉숙 대표와 맹문재 주간에게 감사드린다.

2020년 6월

홍일표

| 차례 |

제2부 프린들 주세요

제3부 이상한 곳

제4부 미래형

제1부

비겁의 역사

대화

무슨 말을 해도 내 말은 틀렸단다
아직 어려서 모른단다
나는 아는데
중딩이 아닌데

툭툭 말을 잘라
내 말에는 서술어가 없다
불구의 문장이니
비문이 될 수밖에 없다
더 이상 들을 필요도 없다며
나를 쾅 닫고 나가 버린다

내 말 좀 끝까지 들어 보라고 해도 믿지 않는다
교무실에서도
상담실에서도
집에서도
나는 비문이다 더듬더듬 오탈자 많은
엉금엉금 기어가다 꼬리를 잘리고 마는

동생

내 동생은 키가 크고 목소리도 크다
성격도 원더우먼 같다

학교에 가려고 함께 지하철을 탔다
비집고 들어갈 틈이 없을 정도로 빽빽하다
이리저리 밀리는 중에
갑자기 동생이 큰 목소리로 소리친다

"아이 씨발 손 안 치워? 어딜 만지고 지랄이야!"

남자가 출구 쪽으로 얼른 돌아서서 피했다
그때 알았다
당하고 가만히 있으면 안 된다는 걸
아니면 아니라고 말해야 된다는 걸
소리쳐야 한다는 걸
그래야 세상이 조금씩 바뀐다는 걸

오늘도 나는

야자 시간에 도망갔다가 일주일 동안 청소 당번을 했지
툴툴거리며 교실을 쓸고 닦고 했지
창밖의 소나무가 기웃거리며 들여다보았지
나는 여전히 혼자였지
아무도 도와주지 않았지
친구들은 모두 자습실로 가고
청소 검사를 맡으러 교무실로 갔지
교무실은 따듯했지
난방이 안 되는 교실과는 달랐지
교실로 돌아와 혼자 있었지
갈 곳이 없었지
백수인 아버지가 술 마시고 있을 집에는 가기 싫었지
정말 싫었지
학교 근처 공원 벤치에 앉아 지는 해를 바라보았지
술 취한 아버지를 밤이 데리고 갈 때까지
컴컴한 어둠이 되어 조용히 잠들 때까지

괜찮아

내가 싫어하는 말 중 하나가
괜찮아
괜찮지 않은데
괜찮아야 하고
괜찮은 척해야 하는 것

위로가 되지 않고
힘이 되지 않고
다만 짐이 되는 말

차라리
넌 망했어
다시 기회는 오지 않아
더 이상 미련 갖지 마

이랬으면
바닥이 잘 보이고 분명해질 텐데
또렷해진 바닥을 짚고
다시 맨땅에서 일어설 텐데

노총각

수업 때마다 담임은
나보다 먼저 장가가는 놈은 죽는다고 으름장을 놓는다

담임이 장가갈 수 있다고
믿는 사람은
아무도 없었다

우리는 다 죽었다

아프니까 청춘이라고?

우리를 외눈박이로 만들지 마요

청춘이니까 아픈 걸 참고 견뎌야 한다고
누구나 거치는 통과의례라고
삼칠일을 견딘 곰처럼 살라고
한눈팔지 말고 공부만 하라고

우리를 죄인으로 만들지 마요
더 큰 죄인이 있잖아요
구조라는
제도라는
그것부터 단죄해야지요
죄를 묻고 잘못된 것 있으면 고쳐야지요

어른들은 몇 발자국 떨어져 팔짱 끼고 바라보지요
다 안다는 듯
사실은 아무것도 모르면서
우리가 어디가 아픈지도

환부도 병인도 모르면서
아프니까 청춘이니 참고 견디라고만 하지요

현미경 하나 선물로 보내 드릴게요
눈 크게 뜨고 잘 들여다보세요
너무 멀리 있어 하느님도 보지 못하는
곳곳에 보이지 않는 눈물
곳곳에 보이지 않는 분노
곳곳에 보이지 않는 절망
자꾸 이상한 말 하지 마시고
꼼꼼히 좀 들여다보세요

나쁘다, 넌!

죽긴 왜 죽어
살아야지
나쁜 놈은 살아 있는데
오히려 너를 비웃고 있는데

죽긴 왜 죽어
너를 협박한 놈
너를 불안에 떨게 한 놈
그렇게 쉽게 용서하면 안 되지
그렇게 쉽게 너를 버리면 안 되지

죽긴 왜 죽어
살아서 응징해야지
놈의 비겁과 야비를 깨뜨려 줘야지
모르면 목을 비틀어서라도 똑똑히 알게 해 줘야지
혼자 울다가
혼자 아프다가
그렇게 쉽게 가는 건 아니지

바보같이

천치같이

열여덟 꽃송이를 꺾는 건 아니지

공범

윤호가 맞았다
교실 뒤에서 맞았다
쉬는 시간 내내 맞았다

건방지다고
싸가지 없다고
맞았다

입술이 터져 피가 흘렀다

아무도 말리지 않았다
아무도 신고하지 않았다

게임왕

승호는 게임왕이다
학교에서 그를 이길 자는 없다
그는 하루를 게임으로 시작하여 게임으로 끝낸다
새벽 네 시까지 할 때도 있다
게임은 그의 구세주요
유일한 희망이다
우리 반 꼴찌이지만
게임만은 1등이다
수업 시간에도 그의 손가락은 책상 위에서 춤춘다
알코올 중독자 같다
그의 꿈은 프로게이머로 세계를 정복하는 거다
그러나 선생님도
부모님도 그를 미친놈이라고 부른다
어제는 공부는 안 하고 게임만 한다고
아버지가 컴퓨터를 바닥에 내동댕이쳤다
컴퓨터는 박살이 났지만
승호의 꿈은 깨지지 않았다
미쳐야 미친다는 말을 그는 믿고 있었다

비겁의 역사

선배들이 우르르 교실로 몰려왔다
××들아
늬들은 선배들이 개×으로 보이냐
엉?
1번부터 나와!
우리는 영문도 모르고 앞으로 나갔다
그리고 열 대씩 맞았다
아무도 말하지 못했다
아무도 따지지 않았다
우리의 비겁은 그렇게 시작되었다

거짓말 1

매점에 갔다가 1분 늦게 교실에 들어왔다
뒷문을 살며시 열고 들어와
자리에 앉았다

출석부에 이름을 적고 있던 선생님이 고개를 들었다
어디 갔다 왔어?
벌점 카드 받아야 되겠다

담임선생님한테 갔다 왔는데요
면담 때문에요

이놈아
너희 담임 출장 갔는데
무슨 면담!

급훈

우리 반 급훈이 싫다
'자존감을 갖자'
좋은 말인데
왠지 싫다

급훈을 볼 때마다 자존감이 없는 사람이 된 것 같다

말은 힘이 세다
언젠가부터 급훈을 외면하면서
나의 자존감을 점검한다

교훈만큼 급훈도 쓸쓸해졌다
높은 데서 폼만 잡고 있지만
하릴없는 백수다

잘 됐다
내 자존심이 급훈을 이겼다

애플데이

가온뜰 소나무에 사과가 주렁주렁 매달려 있어
고마워, 미안해, 사랑해
친구들이 서로에게 보내는 동그란 사과 엽서가
바람에 흔들리며 생글생글 웃고 있어

소나무가 사과나무가 되는 날
고마워, 미안해, 사랑해
그리고 잊지 않을게

야자 끝나고 밤늦게 돌아가는 시간
빨갛게 익은 커다란 사과가 호박 마차처럼 굴러오고 있어
재투성이 신데렐라 아가씨는 없지만
유리 구두도 황금 신도 없지만

아버지의 겨울

실직한 아버지의 노래는 언제나 몸 안에서 실패한다

이를 악물고

컴컴한 광석처럼 검정은 다만 검정을 견디고 있는 것

아버지는 오늘도 나뒹구는 소주병과 함께 밤을 건널 것이다

필름은 혼자 중얼거리는 아버지 같다

너무 컴컴하여 아무도 알아듣지 못하는

입구도 출구도 보이지 않는

엄마

캄보디아 엄마는 아들 친구들이 무섭다

아들이 괴롭힘을 당하고 있다고 학교에 말했지만
소용이 없었다
아들의 성격이 문제라고 했다

아들 친구들에게 한마디 해도 비웃듯 지나간다
피자를 사 주었다
친하게 지내라고
햄버거를 사 주었다
아들을 도와 달라고

아들은 학교를 그만두고 싶다고 했다
결석하는 날이 많아졌다

엄마는 아들 친구들이 무섭다
학교도 무섭고
아들의 장래도 무섭고
매일 아침 눈 뜨는 것도 무섭다

제2부

프린들 주세요

곰

몸이 크고 뚱뚱하여
백곰이라고 불리는 주운이는
곰이었다가 곰탱이었다가 흑곰이 된다

그래도 늘 호수처럼 웃는다
긴 팔로 친구를 덥석 안아 주는 주운이는
푹신한 스펀지 같다
마음씨 좋은 동네 아저씨 같다

기분 나쁜 날이 있을 때도
주운이를 보면 웃음이 난다

곰곰 뒤집어 생각해 보니
그 친구는 곰이 아니라 커다란 문이었다
아무 때나 들락거릴 수 있는 대문이었다

알바생

학교 끝나자마자
식당으로 달려갔다

손님이 가장 많은 시간
저녁도 굶고
그릇을 닦았다

주인이 그릇 하나 들고 와서
바닥에 내동댕이쳤다
야, 제대로 닦아!
일하기 싫으면 당장 그만두고!

고개를 떨군 나는
나를 내동댕이치고 싶었다
내 등 뒤의 어둠을 부숴 버리고 싶었다

담장 위로
커다란 달이 불끈 솟아 올랐다

거짓말 2

너희들 모두 대학 갈 수 있어
이 악물고 공부하면 돼
'대학 가서 미팅할래, 공장 가서 미싱할래?'

하면 안 되는 일이 없어
게으르고 꿈이 없는 놈들이 다 가난뱅이로 사는 거야
올 1년만 고생해
죽기 살기로 하면 원하는 대학에 다 갈 수 있어
'10분 더 공부하면 마누라도 바뀐다'
알았어?

그런데 이상하다
왜 나에게는 죽으면 모두 천국 갈 수 있다는 말처럼 들리지?

공장에 가서 미싱공이 돼도 좋고
마누라가 안 바뀌어도 좋으니
제발 내 식대로 살게 내버려두면 안 되나?

자퇴

친구가 여러 날 결석하더니
자퇴서를 냈다

엄마가 울면서 말렸지만
소용이 없었다

마지막 날 사물함에 있던 물건들을
친구들에게 나누어 주었다

피자집 사장이 될 거라면서
교실을 떠났다

친구가 오토바이 사고로 죽었다는 소식이 들렸다
교정의 벚꽃이 모두 졌다
교과서에서는 고려의 멸망을 노래한 길재가 오백 년 도읍지를 돌아들고 있었다

책무덤

고3 선배들이 수능 끝나고
교과서와 문제집을 버렸다
교실 뒤에 책무덤이 만들어졌다

무덤에서 빠져나온 선배들이 부활한 예수 같았다

몇몇은 하늘을 날고 있었지만
몇몇은 다시 무덤 속으로 걸어가고 있었다

'포기'는 배추를 셀 때나 쓰는 낱말이라며
스스로를 위로하며
스스로를 채찍질하며

식단표

영어 단어 대신 식단표를 외웠지
점심 때 무엇을 먹느냐가 가장 중요했지
너희는 비웃었지
하지만 하루 중 가장 큰 행복은 점심이지
밥이지
우리 엄마 성경책처럼 밑줄 그어 표시를 해 놓지
그걸 볼 때마다 침이 넘어가지
밥이 없으면
점심이 없으면
지옥이지

정수는 지옥을 먹지
마른 놈이 살을 뺀다며 점심을 거르지
담임도 친구들도
모두 그러려니 했지
그런데 알고 보니 정수 아버지가 실업자가 된 거였지
급식비 낼 돈이 없었던 거였지
복지 천국 우리나라에서

그것도 서울 한복판에서
돈이 없어 점심을 굶는 친구가 있었던 거지
그때부터 우리는 식단표에 밑줄을 긋지 않았지
더 이상 식단표는 성경책이 아니었지

프린들 주세요

앤드루 클레먼츠가 쓴 책 이름이야
한 아이가 따분한 수업 시간에
'펜'을 '프린들'이라고 불렀어
그 엉뚱한 신조어가 10년 후에 사전에 실리게 되었어

엉뚱한 것이 세계를 바꾼다고
따라하지 않고
흉내 내지 않고
하고 싶은 대로 흘러가는 것도 나쁘지 않은 듯하여
책상, 칠판, 분필, 게시판 이름을 바꾸어 보고 싶은 생각
이 들지
아니, 아예 이름을 지우고 새 이름을 붙이고 싶지
세상에 없는 낱말을 가져오고 싶지
프린들 주세요라고 외치고 싶지

그러나 안 돼
코끼리는 코끼리
진달래는 진달래

펜은 그냥 펜이지

학교는 언제나 하나의 이름으로 나를 부르지

나는 한 발자국도 내 이름에서 벗어날 수가 없지

꼰대

수행 평가 시간에 3분 말하기가 있었어
도경이는 편 가르는 언어를 버리자고 말했어

꼰대라는 말이 흐르는 물을 막는다고
세대와 세대 사이 장벽을 쌓는다고

자기만이 옳다고 주장하거나
묻지도 않는 걸 자꾸 가르치거나
남이 틀린 건 반드시 지적하거나

꼰대의 민낯도 있지만
그렇다고 꼰대로 매도하여 돌아서면 안 된다고
오래된 것은 무조건 틀렸다고 생각하면 안 된다고

도경이는 말했지
흐르는 물은 흘러야 한다고
그래야 대지가 숨을 쉬고
먼 곳에서 흘러온 저녁의 랩소디도 들을 수 있다고

이상한 일

1학년 때 같은 반이었던 종수가 영선실 뒤에서 친구들에게 맞았다 매점에 가서 음료수 사 오라는 요구를 거절했다는 이유였다 2학년 주먹들은 늘 함께 붙어 다니며 위세가 당당했다 모두 싫어했지만 모두 좋아하는 척했다

종수는 입을 다물었다
체육 시간에 넘어져 다쳤다고 우물거렸다

교내 폭력 설문 조사에서 7반은 피해 사례가 한 건도 나오지 않았다

학기말에 '아름다운 학급상'을 받았다

사시

일곱 살 때부터 고2가 될 때까지
친구들은 서현이를 오해했다
그리고 물었다
도대체 너는 어디를 쳐다보는 거냐고
왜 노려보냐고
서현이는 친구들의 시선이 무서웠다
혼자서 울기도 많이 울었다
엄마 원망도 많이 했다
학교에서는 늘 외톨이
구석에 숨어 지냈다
밥도 혼자 먹고
친구들이 말을 걸어도 먼저 피했다

그러던 어느 날
난 사시야
널 째려본 게 아니야
오해하지 마

서현이가 자리에서 벌떡 일어나 소리쳤다
눈동자는 여전히 돌아가 있었지만
피하지 않았고 부끄러워하지도 않았다
어제의 서현이가 아니었다

친구들에게 독립 선언하듯 말했다
더 이상 내 상처를 숨기지 않을 거라고
더 이상 쪼그라져 있지 않을 거라고
내 상처를 보듬고 살아갈 거라고
그래, 나 사시야
이렇게 외치면서 당당하게 견뎌 낼 거라고

왕따 만세

나는 왕따야

점심도 혼자 먹고
매점도 혼자 가
너희들과 눈도 마주치지 않고
늘 다른 데를 바라보는 괴물이야

너희는 나를 외계인 취급하지
선생님도 나를 문제아 취급하지
사회성도 부족하고
교우 관계도 원만하지 못한
요주의 인물로 바라보지

나는 왕따야
하지만 외롭지 않아
두렵지도 않아
매일 혼자 집에 가도
혼자가 아니야

이어폰 귀에 꽂고
너희와는 다른 세상을 살고 있어
이곳에 없는 생각들이 나와 함께 걸어가고 있어

그런데 알고 있니?
사실은 너희가 왕따라는 걸
미안해
내가 너희를 왕따로 만들어서

첫사랑

수호의 여친은 1학년이다
수호는 쉬는 시간마다 1학년 복도로 달려간다

둘은 좋아서 어쩔 줄을 모른다

집에 갈 때
학교에 올 때
늘 같이 다닌다

친구들은 부러움 반
비아냥 반

여름방학이 끝나고
학교가 오랜 잠에서 깨어났다
운동장이
두근거렸다
복도의 심장이 쿵쾅거렸다

그러나 수호의 가슴은 더 이상 뛰지 않았다
휴식 시간에도 1학년 교실로 가지 않았다

교실 앞 단풍나무만 유독 붉게 물들었다

모르는 사람

교정에는 온종일 서 있는 사람이 있다
시커먼 양복을 입고
한 곳만 바라보고 있다

죽어서도 편히 눕지 못하고
비가 와도
바람 불어도
우뚝 서서 우리를 본다

설립자 할아버지란다
교육계의 선구자란다

그러나 우리는 모른다
다만 매일 보는 것은 나이 드신 분이
참 안됐다는 거다
죽어서도 고생이 많다는 거다
비 오는 날 우산이라도 씌워 드리고 싶은데
그것도 안 되니
지지리 복도 없는 할아버지다

제3부

이상한 곳

요즘 것들

우리는 달라요

10년 전

20년 전

열일곱 살이 아니잖아요

무조건 옛날 잣대를 들이대지 마세요

걷는 것도

먹는 것도

입는 것도 달라요

그냥 있는 대로 보아 주세요

예전과 다르다고 틀린 건 아니잖아요

예전과 다르다고 나쁜 건 아니잖아요

따라 하지 마

쌤은 말한다
따라 하지 말라고

수행 평가도
과 선택도
3분 말하기도

너희는 너희지
누구의 누구도 아니고
지구상에 오직 하나
너란 말이지

남이 가지 않은 길
혼자 걸어가라고 말한다
외롭고
불안하고
위험한 길이지만

낯설고 거친 길을 가라고 한다

다영이도 예원이도
고개를 끄덕인다

그러나 수업이 끝나고 우리는 모두
같은 복도
같은 교복
같은 책
같은 운동장

예은이

엄마와 둘이 사는 예은이는 밝고
잘 웃는다

예은이 엄마가 아프다
엄마는 세신사
소위 말하는 때밀이였다
몸이 아파 일을 놓은 지 오래되었다
기초 생활 수급자로 간신히 연명한다

예은이는 정릉에서 학교까지 걸어 다닌다
차비라도 아껴서
살아야 한다
학교가 끝나면 커피숍에서 알바를 한다
붕어빵 세 개로 저녁을 대신하기도 한다

예은이는 웃는다
강철처럼 웃는다
울지 않으려고 더 크게, 더 밝게 웃는다

비교하지 마세요

아빠, 비교하지 마세요
저는 그냥 저예요
아빠 마음은 알지만
저는 수학 천재도 될 수 없고
과학 영재도 아니에요
저는 그냥 이우빈이에요
수학도 과학도 못하는
아빠 아들이라구요
비교당할 때마다 저는 화가 나요
취향도 능력도 꿈도 모두 다른데
왜 자꾸 비교하세요?
저는 저의 꿈대로
저의 능력대로 살아갈 거예요
아직 잘 모르겠지만
저에게도 숨은 재능이 있을 거예요
남보다 잘하는 것이 분명 있을 거예요
그냥 기다려 주시고 믿어 주세요
아빠, 제발 부탁이에요

국어 쌤

다혈질인 쌤은 오늘도 불타오른다

'다르다'와 '틀리다'

분필이 부러진다

사람들은 대부분 다르다고 말해야 할 때
틀리다고 말한다
너희도 예외가 아니다

인종이 다르고
피부색이 다르고
생각이 다른 것이지
틀린 게 아니다

또 분필이 부러지고
침이 튄다

다른 것을 틀리다고 생각하니
미워하고
증오하고
적대하는 거다

알겠니?
모두 달라서 이쁜 놈들아!

엄마 나라

엄마 나라에 가고 싶어요
그곳엔 왕따도 폭력도 없겠지요
초등학교 때부터 생긴 모습이 달라서
저는 외톨이였어요
말도 어눌하고
공부도 못했어요
늘 학업 부진아였어요
친구들은 저를 괴롭히는 일을 즐거워했어요
장난이라고 했지만
장난이 아니었어요
엄마가 식당 일을 하면서 사 준 운동화도 빼앗기고
롱패딩도 빼앗겼어요
엄마한테는 잃어버렸다고 했지만
사실은 친구들에게 빼앗겼어요
엄마 나라에 가고 싶어요
학교도 싫고
친구들과 다르게 생긴 저 자신도 싫어요
집 나가서 소식 없는 아빠도 싫어요

지하 단칸방도 싫고

엄마 고생하는 것도 싫어요

엄마 나라에 가고 싶어요

그곳엔 왕따도 폭력도 없겠지요

학급 회의

지영이가 건의 사항을 말했다

학급 번호를 정할 때
왜 남학생이 먼저냐고
여학생이 앞에 있으면 안 되냐고
이거야말로 양성평등에 어긋나는 일 아니냐고

친구들이 웃었다
몇몇은 이상한 표정으로 지영이를 바라보았다
몇몇은 아예 관심도 갖지 않고 영어 단어만 외웠다

지영이가 대안을 말했다
내년부터라도 출석부에 이름 기재 순서를
성 구별 없이 해 달라고
가나다순으로 하면 아무 문제 없을 거라고

몇몇은 여전히 웃었고
몇몇은 여전히 영어 단어만 외우고 있었다.

이상한 곳

우리는 결정하지 못한다
우리는 결정된다
밥 먹는 것
옷 입는 것
신발 신는 것
머리 자르는 것
힘센 이가 만들어 놓은 것을
우리는 입고 먹는다
먹고 싶지 않아도 먹어야 하고
입고 싶지 않아도 입어야 한다

우리는 편한 만큼 불행하다
지금도 누군가 우리를 결정한다
우리를 집행한다

도대체 우리는 어디 있지?

정답

윤리 시간에 우리는 죄인이 되어야 한다
죄 없이 죄인이 되어야 하는 우리는
오래된 습관대로
그가 말하는 답을 노트에 적는다

필기하는 동안 옆으로 자꾸 물음표가 돋는다

그러나 물음표는 곧장 낚싯바늘이 된다
다르게 생각한다는 것은
곧 틀린 답이 되기 때문이다

교훈처럼 성실하고 예의 바른 우리는
어딘가에 다른 색깔의 답이 있을 거라는 생각을
아무도 하지 않았다

예외에 대하여

내가 좋아하는 문법 선생님은 늘 예외를 말하신다
정답은 하나가 아니라고
이곳의 정답이 다른 곳에서는 오답일 수도 있다고
그러므로 눈앞의 정답에만 목매지 말라고

가온뜰의 꽃들이 저마다의 색으로 빛나는 이유였다

어른들의 예의

성적이 떨어졌다
영어 점수가 80점대로 내려갔다

엄마는 취조를 시작했다
피의자는 난이도가 높아서
그 정도면 잘 본 거라고 했지만
엄마는 핸드폰을 원흉으로 지목했다

핸드폰이 능지처참을 당할 위기였다
평소 듣지 못한 말들이 쏟아졌다
눈물이 났다

피의자는 나름대로 최선을 다했다고 했다
믿지 않았다
변명하지 말라고 했다

부당함에 항변하자
예의가 없다고 했다

고분고분 듣지 않고
어디서 배운 버릇이냐고 소리를 질렀다

엄마의 예의는 오늘도 힘이 세다
천하무적이다

상대 쪽의 예의도 있는데
예의란 일방적인 것이 아닌데

왜?

우리가 제일 싫어하는 말이 있지
왜 그랬니?
왜 늦었니?
왜 안 하니?

어른들은 늘 왜냐고 묻지
우리는 죄인이 아닌데
우리는 피의자가 아닌데

할 수 없이 변명이 나오고
핑계가 나오고
심지어는 거짓말도 나오지

왜라는 말이 없는 곳에서 가슴이 열리고
함박꽃 같은 웃음이 터지는데
이런 말 저런 말 편하게 할 수 있는데

어른들은 매일 따져 묻지
우리들을 자꾸 거짓말쟁이로 만들지

학교 가는 길

무거운 가방을 메고
학교 가는 길
몸살 기운 살짝 도는 몸

잘 될 거라고
널 믿는다는 말

힘주어 발을 내딛고
경복궁역 지나 안국역

지하철 계단을 오르며
겨울 지나면 봄이 온다고
믿고 생각한 대로 꼭 이루어진다고

무거운 가방을 메고
학교 가는 길
몸살 기운 살짝 도는 몸

하면 된다

'합격'이라는 하나의 길
'대학'이라는 하나의 방향

해도 안 되는 것도 있고
할수록 더 멀어지는 것도 있는데
하면 된다
하면 된다

해도 안 될 때마다
미적분과 함수에 발목 잡힐 때마다
짜증과 신경질

분노는 사라지고
길들여진 손과 발
새벽부터 밤늦게까지
돌아볼 새 없이 달리고 또 달리는 기계

멈추고 싶고

심심해지고 싶고

아무것도 하지 않고 멍때리고 싶고

그러나 오늘도 교단 위에는

하면 된다

하면 된다

기죽지 마

여친이 말한다
일본어 말하기 대회를 앞두고
기죽지 말라고

그러나 나는 기가 죽는다
일본에서 살다 온 친구도 있고
엄마가 일본인인 친구도 있다

시래기처럼 가난한 나는 일본에 가 본 적도 없고
일본어 학원에 다닌 적도 없다

그래도 여친이 말한다
기죽지 마
1등 아니면 어때?
2등, 3등도 괜찮고 상을 못 받아도 괜찮아
너는 너만 보여 주면 돼
푸른색은 푸른색이면 돼
파이팅!

제4부

미래형

발전반

정수는 2학기에도 발전반
심화반에 가지 못하고
발전반에서 발전만 하고 있다

언제까지 발전해야 하나?

역사는 발전이 아니라
반복이라는데
정수는 일찌감치 역사에 대한 연구를 마친 듯
오늘도 발전반 맨 끝자리에 앉아 있다

자는 듯
조는 듯

정수의 유구한 역사가 꾸벅꾸벅 반복 중이다

싸움

엄마 아빠가 또 싸운다
나 때문이다

당신이 매일 받아 주니까
애가 그 모양이지
나는 나쁜 엄마 되고
당신은 좋은 아빠 돼서 참 좋겠다
애가 고1인데
매일 오락이나 하고
툭하면 PC방에 가서 죽치고 있는데
아빠라는 사람이 나 몰라라 하니
애가 저렇지

엄마 아빠의 싸움은 끝나지 않는다
나 때문이다

숨 좀 쉬고 싶었던 것인데
어쩌다 한 번 간 것이 '매일'이 되고

PC방 죽돌이가 돼 버린 것인데

그래서 억울한 것인데

이해와 오해 사이가 너무 멀어서

나는 밖으로 나온다

집을 벗어 던지고

엄마 아빠를 벗어 던지고

미술 쌤

미술실에 박혀 혼자 그림 그리는 게 좋다

쌤은 친구들과 어울리지 못하는 나에게 말한다

넌 갈대처럼 무리 지어 못 살 것 같다
난초는 홀로 서서 잎을 피우고
오래 견디다가 꽃을 피운다

넌 난초과다
살바도르 달리, 이우환, 김환기, 이중섭, 고흐처럼

쌤은 아무도 그리지 않은 그림을 그리라고 한다
흉내 내지 말고
신생 독립국이 되라고 한다

외롭고 힘들지만
그곳에 진짜 내가 있다고 한다

그러나 나는

아직도 내가 너무 멀어서 가끔 생각한다

세상에 없는 색깔을 찾고 있는 건 아닌지

있지도 않은 나를 꿈꾸고 있는 건 아닌지

미래형

학교는 말하지
너희는 미래형이라고
완료형이 아니라고
지금은 다만 터널을 지나는 중이라고
곧 새날이 올 거라고
마치 천국을 외치는 광신도들처럼
한결같이 말하지
우리에게는 현재가 없지
끝없이 유보되고 있지
현재는 미래를 위한 필요조건일 뿐이지
행복은 미래형이 아니라고 책에서 읽었는데
학교는 아니라고 말하지
행복은 현재형이고, 현재형이 되어야 하는데
학교는 거꾸로 말하지
우리는 단지 미래를 위한 소모품일 뿐이지
그래서 오늘도 마음속에선 비가 내리고 바람 불지
학교가 모르는 폭풍도 일지

학교 공장

소풍이 사라졌다
학교 축제도 반나절로 줄었다
하루라도 더 공부해야 한단다

주말반이 생겼다
토요일에도 나와 수업을 받는다

365일 오직 공부만 하란다
여행도 축제도 대학 가면 다 할 수 있단다

머잖아 방학도 일요일도 없어질 것 같다
365일 24시간 공장은 돌아가야 한다
불이 켜져 있어야 한다

어쩌라고

나는 지금 봄이야
너는 여름이고

나는 꾀꼬리 소리를 듣고 있고
너는 산비둘기 소리를 듣고 있어

그러면 됐지
어쩌라고
나보고 어쩌라고

내가 여름의 발걸음에 맞출 수는 없지
너와 같은 새소리를 들을 수는 없지

네가 듣지 못하는 소리를 듣고 있을 뿐인데
어쩌라고
나보고 어쩌라고

어차피 너와 나는 다른 길을 가고 있는데
뒤진 것도 앞선 것도 아닌데

그해 여름

착한 영훈이가 죽었다

교회 수련회 갔다가 익사했다

하느님이 보이지 않았다

바쁘신 모양이라고

옆에 서 있던 미루나무가 혼자 중얼거렸다

조유빈

돼지 같다는 말에 종일 울었다
죽어라고 운동을 해서 20킬로그램을 감량했다

밥도 국도 먹지 않았다
단백질만 조금씩 섭취했다
탈모가 왔다
거식증이 왔다

매일 헬스장에 가서 운동을 했다
돼지 같다는 말이 계속 맴돌았다
체중은 줄었지만
죽을 것 같았다

살아야겠다 살아 봐야겠다
그래, 뚱뚱한 게 어때서?
친구들은 비웃었지만
기꺼이 돼지를 사랑하기로 했다
더 이상 남의 눈으로 살지 않기로 했다

붉은 노을

상혁이는 엄마 얼굴을 모른다
어찌 된 일인지 사진 한 장 남아 있는 게 없다

상혁이가 말한다
저는 죽어서도 엄마를 못 알아볼 거예요

지하철 풍경

무거운 책가방 메고 서서 간다
지하철은 언제나 만원
노약자석에라도 앉고 싶은 날
기분이 젬병인 날
출입문 옆에서 한 노인이
앞 사람에게 나이가 몇이냐며 묻더니
젊은 것이 앉아 있다고 궁시렁댄다
요즘 젊은 것들은 버르장머리가 없다고 혼자 계속 중얼거린다
엇비슷한 노인들이 삿대질하며 싸우지 않는 것만도
다행이다
갑자기 내 앞에 있던 사람이 벌떡 일어선다
이건 하늘이 준 선물
로또다
돌아서서 앉으려고 하는 순간
저쪽에서 멧돼지 한 마리 돌진한다
멧돼지는 무조건 피해야 한다
눈을 마주치지 않는 게

지하철의 불문율

머쓱해서 엉거주춤 일어선다

'혹시나'는 오늘도 '역시나'이다

엄마

너는 벙어리냐고
집에만 오면 왜 말을 하지 않느냐고 묻는다

엄마는 방을 뒤지고
몰래 내 일기장을 본다
학교생활도
친구와의 관계도 궁금하여 저지르는 만행이다

나는 안다
주기적으로 엄마가 내 방에 잠입한다는 것을
이해하려고 하지만 이해가 안 된다
나에게도 비밀이 있는데
나에게도 숨기고 싶은 은밀한 일들이 많은데
엄마는 밤고양이처럼 몰래몰래 다녀간다

엄마는 받아 주는 존재이지
감시자가 아닌데
엄마는 품어 주는 존재이지
감독관이 아닌데

무단결석

"너 그럴 거면 집에서 나가!"
새아빠와 싸운 택수는 진짜 집을 나갔다
일주일째 학교에 나오지 않는다

피자 배달한다는 얘기도 있고
PC방에서 알바한다는 얘기도 있다

기말고사가 끝날 때까지
택수는 나타나지 않았다

출석부 이름 위에 붉은 줄이 그어졌다
손 시린 겨울이 창밖에서 웅웅거리고 있었다

그날

동생이 죽었다

미안해요
보복이 두려워 말할 수 없었어요

동생 친구들이 말했다

심심해서 그랬어요
이렇게 될 줄 몰랐어요

이상한 질문

아이돌을 왜 좋아하냐고
돈 들여서 왜 콘서트에 가냐고
그 시간에 영어 단어 하나라도 더 외우라고

좋은 걸 좋아할 권리도 없느냐고
좋아하는 게 왜 나쁘냐고
어른들처럼 미워하고 증오하는 것보다 낫지 않느냐고

아이돌 사진으로 도배한 방에서 공부가 되냐고
매일 이어폰 꽂고 다니면서 언제 공부할 거냐고
공부에 집중해야 할 때 시간 낭비 아니냐고

아니라고
365일 공부만 할 수는 없지 않느냐고
쉬어야 멀리 뛸 수 있고
우리도 숨을 쉬어야 한다고
우리들 마지막 비상구를 막지 말라고

친구

— 한다영

어두운 동굴 속
온몸이 눈물인 물방울이었다

친구들은 말렸지만
고등학교에 입학한 지 석 달 만에 자퇴했다

목련꽃 환한 봄날
집에만 있었다
핸드폰도 꺼 놓고
친구들도 만나지 않고
방 안에 틀어박혀 한 덩어리의 어둠이 되어 가고 있었다

미래도
희망도 없었다
죽고 싶었다
살 이유가 없었다
방에 눈 뜨지 못한 밤이 흥건했다

몇 달 만에 핸드폰 전원을 켰다
순간 기다렸다는 듯 신호음이 울렸다
자퇴를 말리던 친구였다
받지 않았다
다시 전화가 왔다

오랜 망설임 끝에 친구를 만났다
왈칵 눈물이 쏟아졌다
친구를 끌어안고 단풍나무처럼 펑펑 울었다

"내가 너에게 뭘 바라고 왔겠니? 우린 그냥 친구잖아."

몸 안에 박혀 있던 큰 돌덩이가 쑥 빠져나갔다
과거형이 된 어둠 끝
파르라니 세상의 첫 아침이 시작되었다

아기별처럼 글썽이며 손톱 속 반달이 맑아졌다

새별이

새별이가 죽었다
늙어서 침대에도 올라오지 못하던
새별이
11년 2개월을 함께 살았다

첫눈이 내렸다
새별이 간 지
열흘째 되는 날
집 앞에 소복이 쌓인 눈 위에
누군가 서성이다 돌아간 발자국이 보였다

안녕, 목소리들

이혜미

목소리. 입술을 열어 소리를 내고 귀를 기울여 그 목소리를 듣는다는 것은 무척 신비로운 과정이다. 세계에 공간과 파문이 없다면 목소리는 움직일 수 없다. 공기를 진동시켜 파장을 만들고 그것을 상대의 귀에 전달하는 것. 나의 속내에서 출발한 이야기가 떨림과 울림을 안고 상대에게로 도착한다. 목소리는 내부와 외부를 연결하여 너와 나를 마주치게 하며, 보이지 않는 소리의 매듭으로 서로를 묶는다. 이때 목소리는 음성으로 쓰여진 편지다.

홍일표 시인의 청소년 시집『우리는 어딨지?』에서 우리는 수많은 목소리들과 만난다. 말하고, 속삭이고, 묻고, 중얼거리고, 선언하며, 노래하는 목소리들. 그 각기 다른 목소리들이 여러 파문으로 번져가는 모양을 바라본다. 시집에 이어폰을 꽂을 수 있다면 페이지를 넘길 때마다 매번 다른 이야기들이 들려올 것 같다.

홍일표 시인은 등단 후 지금까지 네 권의 시집을 상재하며 깊은 사유를 경유하는 특유의 유려한 감각과 세련되고 아름다운 문장으로 시 독자들을 사로잡아 왔다. 『살바도르 달리풍(風)의 낮달』『매혹의 지도』『밀서』『나는 노래를 가지러 왔다』 등에서 만날 수 있는 놀라운 발견과 비유들은 이번 시집에도 이어지고 있다. 세심한 속기사처럼 들려오는 목소리들을 충실하게 받아 적는 시인은 읽는 이로 하여금 마치 그 상황을 직접 겪고 있는 듯한 생생한 체험을 선사한다.

지금까지 만나 온 다정한 친구들의 이름을 다시 한번 불러 본다. 종수, 상혁이, 정수, 도경이, 예은이, 택수, 윤호…… 각기 다른 이름만큼이나 다양한 자신만의 생각과 색깔을 가진 아이들. 출석부에 나란히 도열되어 딱딱해진 이름이 아닌, 말랑하고 자유롭고 따듯한 이름들. 오랜 교직 생활을 갈무리하듯 시인은 학교의 빛과 어둠을 들여다보며 그 속에서 생생한 아이들의 모습을 포착해 내었다. 그리고 그들에게 이런 위로를 건네는 듯하다. "눈치 보지 마! 넌 옳고 자유로워". 따듯한 선생님의 애정 어린 응원이다.

내면에서 울리는 메아리

학교는 온갖 감정과 생각들이 뒤섞여 펄펄 끓고 있는 마음의

용광로다. 하루에도 무수히 많은 말과 마음이 뒤엉키는 곳. 게다가 진로 문제, 친구 관계, 공부까지 더해지면 학교는 감당하기 어려운 장소가 된다. 사춘기는 성장 중인 마음과 몸이 부딪히며 균형 감각을 익혀 나가는 과정이다. 그 과정 속에서 느끼는 기분과 느낌은 청소년들이 꼭 들여다보아야 할 지점인데, 입시 공부에 모든 초점을 맞춘 학교의 시스템은 스스로를 성찰하고 돌아볼 틈을 주지 않는다. 답답한 교실 안에서, 부모님과 선생님의 압박 속에서 학생들은 점차 마음을 기댈 자리를 잃어 간다.

앞서 언급한 대로 이번 시집에서 가장 두드러지는 것은 마음 속 목소리, 내밀한 고백이 담긴 시들이다. 독백은 내면에서 울려 퍼지는 침묵 속의 소리이자 메아리로 쓴 일기다. 창문에 입김을 불어 그 위에 곧 사라질 글자를 쓰듯 시 속에 등장하는 아이들은 자신의 마음 구석에 숨겨 두었던 속내를 안개처럼 읊조린다. 시인은 아이들의 감정과 마음에 빙의하듯 다가가 실감 나는 구어체를 통해 그들의 이야기를 전한다. 그의 시선은 대부분 소외되고, 가난하고, 외로운 마음 곁에 머문다.

> 야자 시간에 도망갔다가 일주일 동안 청소 당번을 했지
> 툴툴거리며 교실을 쓸고 닦고 했지
> 창밖의 소나무가 기웃거리며 들여다보았지
> 나는 여전히 혼자였지

아무도 도와주지 않았지
친구들은 모두 자습실로 가고
청소 검사를 맡으러 교무실로 갔지
교무실은 따듯했지
난방이 안 되는 교실과는 달랐지
교실로 돌아와 혼자 있었지
갈 곳이 없었지
백수인 아버지가 술 마시고 있을 집에는 가기 싫었지
정말 싫었지
학교 근처 공원 벤치에 앉아 지는 해를 바라보았지
술 취한 아버지를 밤이 데리고 갈 때까지
컴컴한 어둠이 되어 조용히 잠들 때까지

—「오늘도 나는」 전문

교실의 쓸쓸한 풍경과 어두운 공원이 자연스럽게 떠오르는 이 시는 누구에게도 말하지 못하는 내면의 슬픔에 대한 기록이다. 시인은 야간 자율 학습에서 도망친 '나'의 마음과 사정 쪽으로 읽는 이를 데려간다. 밖에서 안을 들여다보는 것이 아닌 안에서부터 직접 울려 나오는 목소리를 듣도록 하는 것이 홍일표 시인의 청소년 시들이 가진 특징인데, 이 시선이 가진 가장 큰 장점은 보다 쉽게 그들의 이야기에 몰입하여 감정을 헤아릴 수 있는 동시에 비밀을 공유한 듯한 친근함을 선사한다는 것이다.

'나'는 "난방이 안 되는 교실"과 "백수인 아버지가 술 마시고 있을 집" 사이에서 헤매다 결국 "학교 근처 공원"으로 간다. 혼자서만 다른 궤도를 맴도는 행성처럼, 고독감과 소외감이 '나'를 지배한다. 학교 혹은 가정 중 어디에도 속하지 못하는 '나'는 어디를 가더라도 "여전히 혼자"가 되어 겉도는 타자가 되고 만다. "술 취한 아버지를 밤이 데리고 갈 때까지" 기다리며 지는 해를 바라보는 '나'의 모습에서 습관적인 슬픔이 느껴진다. 혼자가 된다는 것은 내부의 어둠이 흘러넘쳐 외부로까지 번진다는 뜻이고, 그 어두운 안팎을 번갈아 방문하며 혼란을 겪는다는 것이다. 아버지가 "컴컴한 어둠이 되어 조용히 잠"들 시간을 기다리는 동안, 공원은 어둠을 기다리는 장소이자 스스로 어둠이 되는 공간이다. 이처럼 경계를 오가는 청소년들에 대한 관심은 시집의 중요한 주제를 이룬다. 그들의 독백은 제대로 된 소통이 불가능한 상황 속에서 울려 퍼지는 홀로의 메아리다.

무슨 말을 해도 내 말은 틀렸단다
아직 어려서 모른단다
나는 아는데
중딩이 아닌데

툭툭 말을 잘라
내 말에는 서술어가 없다
불구의 문장이니

비문이 될 수밖에 없다
더 이상 들을 필요도 없다며
나를 쾅 닫고 나가 버린다

내 말 좀 끝까지 들어 보라고 해도 믿지 않는다
교무실에서도
상담실에서도
집에서도
나는 비문이다 더듬더듬 오탈자 많은
엉금엉금 기어가다 꼬리를 잘리고 마는

—「대화」 전문

"내 말 좀 끝까지 들어 보라고 해도 믿지 않"는 어른들의 홀대 속에서 '나'의 이야기는 종종 "불구의 문장"이나 "비문"이 될 수밖에 없다. 실상 건강한 대화는 서로의 말을 끊거나 무시하지 않고 귀 기울여 끝까지 들어 주는 것에서 시작하는데, 그렇지 못할 때 서로의 존재는 불완전해지고 만다. 시의 제목인 「대화」는 내용으로 미루어 계속해서 실패할 수밖에 없는 시도이며, 그 실패들은 "나를 쾅 닫고 나가 버"리듯 거부당하는 스스로를 자각하게 한다. 이러한 상황에 처한 화자가 할 수 있는 것은 혼잣말뿐이며, 그마저도 다 마치지 못하여 "꼬리를 잘리고" 만다. 그 무력한 중얼거림들을 되풀이하여 조명함으로써 시인은 그들의 말이 헛되이 사라지지 않도록 한다.

시인은 학생들이 겪는 결핍과 슬픔에 대해서도 근심 어린 기록을 남긴다. "엄마 나라에 가고 싶어요/그곳엔 왕따도 폭력도 없겠지요"(「엄마 나라」)라는 다문화 가정 아이의 이야기나 "저는 죽어서도 엄마를 못 알아볼 거예요"(「붉은 노을」)라는 한부모 가정 아이의 읊조림을 받아 적는 것은 "더듬더듬 오탈자 많은" 결핍을 끌어안음으로써 대상을 가장 깊이 이해하려는 시도이며 들음으로서 말하기를 이행하고자 하는 윤리적 관심이다.

함께의 대화법

함께라는 말은 참 예쁘다. 크고 넓고 아름다운 말, 되뇌어 볼수록 참 다정한 말이다. 함께는 혼자 생겨날 수 없다. 너와 내가 마주 볼 때 함께라는 말이 태어난다. 서로에게 충분한 시간을 내어주고 받는 일. 그래서 함께는 시간의 단위이기도 하며 서로 눈을 맞추는 순간이다. 그런 순간에는 높고 낮음이 없다. '우리'를 나누어 놓는 우열반도 없다. 누군가로부터 점수 매겨지고 비교당하는 것에 익숙한 학교에서, 경쟁의 구도에 들어서는 순간 우리는 함께가 될 수 없다. 왜 우리는 경쟁하며 서로 상처를 주고받아야만 하는 걸까. 나의 이익을 위해 서로 편을 갈라 비난하고, 왜 다른 사람들이 만들어 둔 기준에 우리를 끼워 맞춰야 하는 걸까.

수행 평가 시간에 3분 말하기가 있었어

도경이는 편 가르는 언어를 버리자고 말했어

꼰대라는 말이 흐르는 물을 막는다고
세대와 세대 사이 장벽을 쌓는다고

자기만이 옳다고 주장하거나
묻지도 않는 걸 자꾸 가르치거나
남이 틀린 건 반드시 지적하거나

꼰대의 민낯도 있지만
그렇다고 꼰대로 매도하여 돌아서면 안 된다고
오래된 것은 무조건 틀렸다고 생각하면 안 된다고

도경이는 말했지
흐르는 물은 흘러야 한다고
그래야 대지가 숨을 쉬고
먼 곳에서 흘러온 저녁의 랩소디도 들을 수 있다고

—「꼰대」 전문

네 것과 내 것, 여자와 남자, 위와 아래, 깨끗한 것과 더러운 것…… 우리는 자꾸만 무엇을 나누려고 한다. 그렇게 나누어 구별하는 순간 세계에는 두 가지 범주로 다 포섭되지 못하는 지점들이 생겨날 수밖에 없다. 하지만 흐르는 물은 어떨까. 오른쪽이었다가 어느덧 왼쪽이 되고, 깨끗하다가 진창이 되기도 하고, 액체였다가, 기체였다가, 고체였다가, 그렇게 자신을 계속 바꾼다. 고정관념으로 자신의 생각을 가두어 두고 좁은 마음으로 다른 사람들을 대하는 것은 흐르지 않는 물처럼 고여 썩게 되는 일이다. 시 「꼰대」는 서로를 나누어 놓는 대립의 언어, "틀린 건 반드시 지적하"는 평가의 언어를 비판하며 "흐르는 물은 흘러야 한다"는 자연스러운 진리를 전한다.

변하지 않으려 하고, 자신의 입장에서 계속 타인을 평가하려 하는 사람들을 우리는 '꼰대'라고 부른다. 하지만 그 말 자체가 또 하나의 평가는 아닐까. "오래된 것은 무조건 틀렸다고 생각"해 온 것은 아닐지. 시인은 도경이의 입을 빌려 계속해서 누군가로부터 점수 매겨지고 비교당하는 것에 익숙해진 학생들의 마음을 따듯하게 다독인다. 함께하면 해낼 수 있다고. 서로 편을 나누고 상처 주지 말자고. 어른과 아이를, 학생과 선생을 나누어 벽을 쌓기보다는 대화하고 이야기하며 서로에게서 배울 점을 찾아내는 것. 그래서 더욱 멀고 넓은 마음을 가지게 되는 것. 아침과 낮과 석양을 지나지 않고서는 저녁이 올 수 없듯이, 흐르는 물은 한 곳에 머물러 있지 않기에 "대지가 숨을" 쉬고 "먼 곳에서 흘러온 저녁의 랩소디도 들을 수 있"다. 랩소디(rhapsody)가 서사시의 한 대목인 것처럼, 노래가 음표의 연속인 것처럼. 하나의 음에만 머물러 있다면 노래는 생겨나지 않는다. 우리들의 시간은 그렇게 이어지는 사건들의 일부이다.

이처럼 시집에는 우리가 어떻게 다른 이들과 더불어 살아가야 할지에 대한 고민이 담겨 있다. 특히 청소년기에 친구 관계는 무척 중요한 문제다. 학교에서, 학원에서, 인터넷 공간에서 우리는 타인들과 계속해서 부딪히고, 관계 맺고, 상처 입기도 한다. 주운이의 경우를 보자.

몸이 크고 뚱뚱하여
백곰이라고 불리는 주운이는
곰이었다가 곰탱이었다가 흑곰이 된다

그래도 늘 호수처럼 웃는다
긴 팔로 친구를 덥석 안아 주는 주운이는
푹신한 스펀지 같다
마음씨 좋은 동네 아저씨 같다

기분 나쁜 날이 있을 때도
주운이를 보면 웃음이 난다

곰곰 뒤집어 생각해 보니
그 친구는 곰이 아니라 커다란 문이었다
아무 때나 들락거릴 수 있는 대문이었다

—「곰」 전문

서로를 만지거나 안는 것이 어색해진 시대지만 포옹의 힘은 무척 세다. 「곰」에서 주운이는 "곰탱이"라고 놀림받으면서도 친구를 안아 주는 것으로 자신의 마음을 표현한다. 누군가를 안는 행위는 자신이 가진 체온을 나눠 주는 것이기도 하고, 다른 사람에게 자신을 온전히 내어준다는 의미이기도 하다. 그래서 서로를 안을 때 우리는 "폭신한 스펀지"처럼 서로를 흡수하게 된다. 껴안는 순간 서로에게로 통하는 출입구가 생기는 것이다. 곰이라는 글자가 뒤집히면 문이 되듯이.

가깝게 두고 오래 사귄 벗. 친구(親舊)라는 말 속에는 시간과 공간이 모두 들어가 있다. 곁에 머무는 시간이 오래될수록 점점 깊어지는 마음처럼, 친구란 어쩌면 서로에 대한 눈빛과 생각을 거두지 않겠다는 약속 아닐까. 시인은 너와 나를 가르지 않는 '우리'의 다정함을 이야기한다. 그 따듯한 확신 속에서 "기분 나쁜 날이 있을 때도/주운이를 보면 웃음이" 나듯 한결 더 힘센 마음으로 세상을 대할 수 있다. 그럴 때 마음에 난 "커다란 문"은 더욱 넓어져서 "아무 때나 들락거릴 수 있는 대문"으로 정서적 확장을 이룬다. 누군가를 안을 때 우리가 잠시 마음의 문을 활짝 열어젖히는 것처럼. 그건 너의 색이 나에게로 스며들고, 나의 빛이 너에게로 건너가는 시간이다.

가로막힌 목소리와 침묵의 역사

시인은 분출해 나오는 목소리의 힘에 주목하는 만큼 반대의 경우에도 귀를 기울인다. 폭력이나 억압에 의해 침묵할 수밖에 없는 상황, 부당하거나 불합리한 것을 알고도 말할 수 없는 순간들이 있다. 자발적인 침묵이 아닌 강요된 조용함 속에서 목소리들은 그저 마음속을 맴돈다. 학교 폭력으로 인해 "동생이 죽"은 충격적인 상황에서 동생의 친구들이 "미안해요/보복이 두려워 말할 수 없었어요"(「그날」)라고 말하는 부분이나, "교실 뒤에서 맞"던 윤호가 "입술이 터져 피가 흘러"도 "아무도 말리지 않았다/아무도 신고하지 않았다"(「공범」)는 장면에서 부당하게 가로막혀 억압받는 목소리를 읽을 수 있다.

1학년 때 같은 반이었던 종수가 영선실 뒤에서 친구들에게 맞았다 매점에 가서 음료수 사 오라는 요구를 거절했다는 이유였다 2학년 주먹들은 늘 함께 붙어 다니며 위세가 당당했다 모두 싫어했지만 모두 좋아하는 척했다

종수는 입을 다물었다
체육 시간에 넘어져 다쳤다고 우물거렸다

교내 폭력 설문 조사에서 7반은 피해 사례가 한 건도 나오지 않았다

학기말에 '아름다운 학급상'을 받았다

—「이상한 일」 전문

친구들이 모두 있는 교실에서 "2학년 주먹들"에게 맞고 있는 종수는 앞서의 윤호가 그렇듯 누구에게도 도움을 받지 못한다. 물리적 힘과 폭력으로 교실을 장악하고 있는 주먹들을 "모두 싫

어했지만 모두 좋아하는 척"하는 모습은 지금도 수많은 학교들에서 일어나고 있는 일들이다. 분명한 피해를 입고도 "종수는 입을 다물"고 "우물거"린다. 보았지만 말하지 못하는 억압 속에서 "'아름다운 학급상'"을 받는 아이러니한 풍경을 시인은 '이상한 일'이라 명명한다. "아무도 말하지 못했다/아무도 따지지 않았다/우리의 비겁은 그렇게 시작되었다"(「비겁의 역사」). 풀려나오지 못하는 고백들이 모여 비겁의 역사를 이루는 것이다. 앞서 읽은 시 「꼰대」에서 흐르는 물이 흐르지 못하면 썩게 되듯이, 부당한 것에 대한 고발도 터져 나와야 한다. 시인은 "소리쳐야 한다는 걸/그래야 세상이 조금씩 바뀐다는"(「동생」) 것을 강조하며 당당하게 목소리를 낼 것을 권한다.

선언과 외침으로서의 '나' 찾기

교실이 칸칸으로 이어진 기차라면, 그래서 매번 새로운 곳으로 여행할 수 있다면 학교에 가는 것이 무척 신나게 느껴지지 않을까? 매번 다른 풍경과 다른 사람들이 오가고, 여러 가지 이야기들을 만날 수 있다면. 그러나 현실은 멈춰 선 풍경, "같은 복도/같은 교복/같은 책/같은 운동장"(「따라 하지 마」)이다.

"학교는 언제나 하나의 이름으로 나를 부르지/나는 한 발자국도 내 이름에서 벗어날 수 없지"(「프린들 주세요」)라는 토로는 하나의 시스템 속에서 획일적으로 통제당하는 청소년의 현실을 반영한다. "공장에 가서 미싱공이 돼도 좋고/마누라가 안 바뀌어도 좋으니/제발 내 식대로 살게 내버려두면 안 되나?"(「거짓말」)라는 물음 역시 강요에서 벗어나 진정한 자기 자신을 마주하고자 하는 절실함이다. 자신을 이해하고 알아가기 위해서 하는 것이 공부인데, 공부를 하기 위해 자신의 모습을 버려야 하는 아이러니. 이렇게 혼란한 현실 속에서 솟아오른 질문이 바로 '나는 어딨지?'일 것이다.

우리는 결정하지 못한다
우리는 결정된다
밥 먹는 것
옷 입는 것
신발 신는 것
머리 자르는 것
힘센 이가 만들어 놓은 것을
우리는 입고 먹는다
먹고 싶지 않아도 먹어야 하고
입고 싶지 않아도 입어야 한다

우리는 편한 만큼 불행하다
지금도 누군가 우리를 결정한다
우리를 집행한다

도대체 우리는 어디 있지?

—「이상한 곳」 전문

"누군가 우리를 결정한다/우리를 집행한다"는 서늘한 자각은 밤이 되어 어두워진 창문에 떠오른 자신의 얼굴처럼 갑작스럽게 찾아온다. 자신의 의지로 결정할 수 없는 일들에 둘러싸여 수동적으로 "결정되어"야만 하는 답답함은 "편한 만큼 불행하다"는 자각을 불러온다. 그럴 때 학교는 자신의 모습을 지우는 "이상한 곳"이 되고 만다.

지워진 자신의 모습을 되찾기 위해 시 속의 아이들이 선택한 것은 '나'에 대한 재인식과 세상을 향한 외침이다. 선언을 통한 '나/자아 찾기'는 시집 전반에 걸쳐 다양한 방식으로 변주되고 있는 주제이다. 눈매가 사납다고 오해받던 서현이는 "그래, 나 사시야/이렇게 외치면서 당당하게 견뎌"(「사시」) 내고자 하고, 돼지 같다고 놀림받던 유빈이는 "그래, 뚱뚱한 게 어때서?"(「조유빈」)라며 자신을 인정하기로 한다. 이들이 있는 그대로의 자신을 드러내는 발언을 통해 보다 넓고 너그러운 자기 인식을 얻는 과정은 큰 감동을 준다. 불완전하고 미숙한 자신의 모습을 긍정하고 세상 앞에 선언하는 행위는 스스로에게, 또한 듣는 이들에게도 무척 중요한 경험이기에.

나는 왕따야

점심도 혼자 먹고
매점도 혼자 가

너희들과 눈도 마주치지 않고
늘 다른 데를 바라보는 괴물이야

너희는 나를 외계인 취급하지
선생님도 나를 문제아 취급하지
사회성도 부족하고
교우 관계도 원만하지 못한
요주의 인물로 바라보지

나는 왕따야
하지만 외롭지 않아
두렵지도 않아
매일 혼자 집에 가도
혼자가 아니야
이어폰 귀에 꽂고
너희와는 다른 세상을 살고 있어
이곳에 없는 생각들이 나와 함께 걸어가고 있어

그런데 알고 있니?
사실은 너희가 왕따라는 걸
미안해
내가 너희를 왕따로 만들어서

—「왕따 만세」 전문

왕따는 집단으로부터 가장 소외된 위치에 있는 존재다. 그런데 「왕따 만세」에서 '나'는 그런 일을 겪는 스스로를 비관하지 않는다. 다른 사람들이 부여한 "괴물"이나 "외계인"이라는 언어에 얽매이지 않고 오히려 "너희와는 다른 세상"을 사는 특별한 사람으로서, "이곳에 없는 생각들이 나와 함께 걸어가"는 중임을 떠올린다. 이러한 생각의 전복은 자신에 대한 단단한 믿음과 긍정에서 나온다. 있는 그대로의 나 자신과 마주하고 함께 걸어가기. 자신의 마음에 귀 기울임으로써 "외롭지 않"을 수 있는 것. "이어폰 귀에 꽂고" 나라는 존재를 보다 특별한 '나'로 만드는 것, 그것은 스스로의 목소리를 낼 줄 아는 자신감과 용기다.

"이 시집에 내가 만난 아이들의 삶을 여러 무늬들로 새겨 넣었다"는 자서처럼, 홍일표 시인은 순간들을 무심히 넘기지 않는 세심한 시선으로 누구보다도 학생들의 목소리에 오래 귀 기울여왔다. 38년이라는 적지 않은 세월 동안 학생들과 부대끼며 마주한 장면들을 놓치지 않으려는 마음이 시집에 오롯이 담겨 있다. 시인은 외롭고 고립된 존재를 위한 찬가를 통해 아이들의 내밀한 상처를 다독인다. 이 시집에 새겨진 목소리의 무늬들이 다정한 노래가 되어 멀리까지 가닿기를, 오래오래 귓가를 맴도는 속삭임이 되기를 바란다.

李慧美 | 시인

우리는 어딨지?

홍일표 시집